***Denn er hat seinen Engeln befohlen,
dass sie dich behüten
auf allen deinen Wegen...****

Für Sternchen
und
Krümelchen

In Liebe

Herstellung und Verlag
BoD- Books on Demand, Norderstedt
ISBN: 9783750461277

Text und Illustrationen ©:   Brigitte Anna Lina Wacker
Februar 2020

Brigitte Anna Lina Wacker

Wenn kleine Sterne vom Himmel fallen...

Eine wahre Geschichte

„Du, Schatz", ich sah müde zu meinem Mann hinüber, der gerade dabei war, ein Sudoku zu lösen, „ich glaube, meine alten Finger können oder wollen einfach keinen Pullover mehr stricken."

„Engelchen!" Thomas schaute irritiert von seiner Zeitung auf. „Ich finde, der kleine Pullover sieht schon ganz süß aus. Die fröhlichen Farben und die weiche Wolle, welches Kind würde sich darüber nicht freuen?"

„Ach Liebster, ich habe schon so viele kleine Kinderpullover, Söckchen und Mützen gestrickt und gehäkelt, doch nie auch nur eines der Enkelkinder damit bekleidet gesehen. Vielleicht mache ich mir auch dieses Mal nur unnötige Arbeit. Schau mal, es gibt so viele perfekte und schöne Babysachen zu kaufen, und alle für wenig Geld. Aber sie sind wunderschön und modisch. Wieviel Tage muss ich an solch einem kleinen Teil stricken und dann sieht es eben nicht so perfekt aus, sondern eben nur handgemacht, mit unebenen Maschen!"

„Das finde ich nicht!" Mein Mann schaute auf die mühsam gestrickten 10 Zentimeter, die ich auf dem Tisch abgelegt hatte. „Das ist eben keine Massenware. Man sieht genau, dass jemand mit viel Liebe und Aufwand gearbeitet hat. Von Perfektion war doch bislang nie die Rede." Mit diesen Worten wandte er sich wieder seiner Zeitung zu und widmete sich dem Zahlenspiel.
Leise vor mich hingrummelnd nahm ich meine Strickarbeit wieder auf. „Ich kann mir nicht vorstellen, dass ich damit überhaupt fertig werde!"

In wenigen Wochen würde unser viertes Enkelkind geboren werden. Mein Sohn Lasse und seine Frau Nadja hatten in den letzten zehn Jahren zwei zauberhaften Mädchen und einem süßen Sohn das Leben geschenkt.

Lange schon hatten mein älterer Sohn Markus und seine Frau Sandra sich Nachwuchs gewünscht. Doch der wollte sich partout nicht einstellen. Und dann, am 8. Juli des vergangenen Jahres hatten wir per WhatsApp ein Ultraschallbild erhalten mit den Worten „Hallo Oma! Hallo Opa!"

Wir konnten es kaum fassen. Während sich beide mitten in einem Umzug befanden und vor Arbeit kaum noch zur Ruhe kamen, geschah dieses große Wunder. Zu unserer Überraschung bekamen wir bereits am nächsten Tag unverhofft Besuch von den beiden. Glücklich umarmten wir uns. Wir alle waren sprachlos vor Freude.

Bei unserem nächsten wöchentlichen Einkauf im Supermarkt konnte ich nicht umhin, einige Knäuel Babywolle zu erstehen. Ich ließ mich von meinem Gefühl leiten. Fröhlich sollten die Farben sein und da wir nicht wussten, ob es ein Junge oder Mädchen werden würde, sollte das Gestrickte eben zu beiden Geschlechtern passen. In mir wurden jedoch immer mehr Fragen laut. Konnte ich überhaupt noch stricken mit meinen mitunter steifen und schmerzenden Fingern. Wollte ich es überhaupt noch. Was wäre, wenn der Pullover nicht passte, nicht gefiel, nicht der gängigen Mode entspräche. Die Freude am Stricken wollte sich einfach nicht einstellen.

Immer wieder gingen meine Gedanken zu den vielen Pullis, Schühchen und Mützen, die ich für meine Enkelkinder gestrickt hatte. Doch warum gab es keine Fotos von ihnen. Hatten die Sachen nicht gefallen, passten die Pullover nicht oder war Handgestricktes aus der Mode gekommen. Warum hatte ich mich nicht getraut, einfach nachzufragen. Konnte es sein, dass ich rein zufällig keine Fotos davon erhalten hatte, weil es eben davon keine gab? Hatte ich zu früh aufgegeben, weil ich dachte, meine Arbeit würde nicht geschätzt oder anerkannt?

Was hatte nur meinen Sohn Markus bewogen, sich sofort nach Bekanntwerden der Schwangerschaft für sein Baby einen handgestrickten Pullover zu wünschen. Er selbst hatte doch in seiner Kindheit viele von mir gestrickte Sachen tragen *müssen*. Wir hatten nicht so viel Geld wie Eltern, die zwei Gehälter mit nach Hause brachten. Für den Vater meiner Kinder und mich stand von Anfang an fest, dass ich für die Erziehung unserer Söhne daheim bleiben würde, so wie es auch schon unsere Eltern und Großeltern taten. Unsere Kinder sollten so viel

Liebe und Zuwendung erhalten, wie uns nur möglich war. Dafür waren wir bereit, auf Luxus und viele Annehmlichkeiten zu verzichten. Es war wirklich nicht immer einfach, mit nur einem Gehalt auszukommen, aber wir schafften es tatsächlich.

Wir bauten ein kleines Häuschen im Grünen, legten nicht nur Rasen, sondern auch Gemüsebeete an und freuten uns über jeden kleinen Luxus, den wir uns vom Munde absparten. Die vielen kleinen Pullover, die ich im Laufe der Jahre strickte, sahen zwar nicht perfekt, dafür aber trotzdem sehr kleidsam aus. Allerdings hätte ich viel lieber für meine Söhne modische und teure Anziehsachen gekauft.
Hatte ich eventuell in diesen entbehrungsreichen Zeiten mir selbst und meinen vielen Arbeiten nicht genügend Wertschätzung entgegengebracht?

Langsam tauchte ich aus meinen Erinnerungen auf und schaute auf das vor mir liegende 10 Zentimeter lange Strickteil. Kopfschüttelnd verließ ich das sonnendurchflutete Wohnzimmer.

In den folgenden Tagen betrachtete ich immer wieder das Ultraschallbild. Man konnte ja kaum etwas erahnen in den farblich variierenden dunklen Schattierungen des Fotos. Ich erkannte lediglich einen kleinen hellen Strichpunkt, total niedlich und wie ich fand, einem winzigen Krümelchen gleich. Und so bekam dieses kleine Leben seinen ersten Namen.
Wie wohl fast jede werdende Oma war ich außer mir vor Glück. Ich bedauerte die große Entfernung zwischen unseren Familien. Mal eben nach nebenan

gehen oder in die Nachbarschaft, um sich zu sehen, war leider nicht gegeben. Zwar lagen nur 80 Kilometer zwischen unseren Wohnorten, aber mitunter kam mir die Fahrt dorthin wie eine Weltreise vor.

Meine Gesundheit war ziemlich angeschlagen. Unser Hund hatte mich wegen einer Katze zu Fall gebracht und mein armer Körper sah ziemlich geschunden aus. Er war übersät von blauen Flecken und blutenden Wunden. Dazu kamen eine handfeste Rippenprellung, eine Gehirnerschütterung und ein dick angeschwollenes Bein. Jeder Knochen schmerzte. Lästig war überdies ein lang anhaltender Schwindel, der eine Fahrt zu Markus und Sandra für Wochen unmöglich machte.
An Stricken war ebenfalls monatelang nicht zu denken. Das 10 Zentimeter lange Strickteil lag auch noch an Weihnachten und Neujahr unangetastet auf dem Wohnzimmertisch. Warum nur ging es damit nicht weiter? Warum wollte der geplante Minipullover nicht weiter wachsen?

Wieder einmal schweiften meine Gedanken ab. Warum ist es beim Schenken so, dass es dem Beschenkten oftmals keine Freude bereitet? Wie oft verhielt es sich auch in der Liebe so? Wieviel einseitige Liebe gab es denn auf dieser Welt?
Wie oft wurde und wird die Liebe, die wir aus vollem Herzen schenken oder zu schenken bereit sind, aus welchen Gründen auch immer, abgelehnt bzw. nicht erwidert. Und wenn wir solche Erfahrungen machen müssen, wie gehen wir damit um? Jedenfalls liegt die Entscheidung bei uns selber, ob wir weiterhin an

der Liebe festhalten und sie auf eine andere Art und Weise zu leben versuchen, oder ob wir aus Enttäuschung bzw. Trauer unsere Liebe verkümmern lassen.

Ein altes Kirchenlied kam mir in den Sinn: *Wir pflügen und wir streuen den Samen auf das Land, doch Wachstum und Gedeihen liegt in des Himmels Hand...*

Der Erfolg unserer Arbeit oder auch die Freude der anderen liegt nicht in unserem eigenen Ermessen.

Die Tage vergingen wie im Fluge und unser Krümelchen wuchs und gedieh. Selbstverständlich bekamen wir per Telefon, Handy und WhatsApp regelmäßig die Fortschritte unseres Krümelchens mitgeteilt. Ein zweites Ultraschallbild erreichte uns knapp einen Monat später und tatsächlich konnten wir darauf deutlich das kleine Köpfchen und den winzigen Körper erkennen. Kaum vorstellbar war, dass Krümelchen die stattliche Länge einer Weintraube mit ca. 2,67 cm erreicht hatte.

Zum Glück hatte unser Schwiegertöchterchen nur kurze Zeit mit Übelkeit zu kämpfen. Der nächste Untersuchungstermin stand an und brachte uns die Information, dass Krümelchen nun die Größe einer Feige erreicht hatte. Und das Babybäuchlein wuchs und wuchs.

Wir waren glücklich über die vielen Informationen, allerdings war Krümelchen nicht mehr bereit, sich auf Ultraschallbildern zu zeigen. Und dann, Ende August, war bereits die Länge von 7,4 Zentimeter erreicht. Selbstverständlich schauten wir sogleich auf dem Maßband nach. Ach, was ist es doch für ein großes Wunder, dass in so wenigen Zentimetern so viel Platz ist für alles, was ein kleiner Mensch zum Leben benötigt.

Am 25. September folgte die nächste Nachricht. „Wir sind heute in die 18. Woche gekommen."

Mitte Oktober bekamen wir das erste Foto von dem Einkauf wunderschöner zartblauer Babybekleidung übermittelt. Dazu erhielten wir die fröhliche Nachricht: „Wir bekommen einen Sohn!"

So, wie unser kleiner Enkel am Wachsen war, wuchs auch meine Sorge, der winzige Pullover, den ich stricken wollte, würde einfach nicht schön genug sein für ihn. Von wegen Krümelchen, ein echt großer Krümel war es inzwischen. Dieser Krümel brachte es auf eine Länge von 22.4 cm. Thomas eilte sofort zu seinen Schreibtisch, um ein Lineal zu holen und wir staunten. Leider gab es wieder kein Ultraschallbild, aber die Länge des Fußes von 4 cm.

Kurz vor Weihnachten hatte Krümelchen schon eine Größe von 39,2 cm zu verzeichnen. Es hatte sich schon in die richtige Position gelegt und sich hinter der Nabelschnur und den Händchen versteckt. Deshalb scheiterte nun auch das letzte Foto.

Auf meinem Smartphone kamen kleine Videos an, die wir mit Staunen betrachteten. Krümelchen übte fleißig, sich in dieser Welt durchzuboxen. Und endlich stand darunter auch eine Gewichtsangabe: Ich wiege jetzt 1.400 g.

Mit dem neuen Jahr und den unmerklich länger werdenden Tagen kam auch die Kraft in meine

Schulter, Arme und Hände zurück. Binnen weniger Tage war es geschafft. Der erste kleine Pullover für unser Krümelchen war endlich fertig. Vielleicht ist er nicht perfekt, aber ich habe in jede Masche meine ganze Liebe mit hineingestrickt.

Meine Freude über den kleinen Pullover war riesengroß. Und sie wuchs von Tag zu Tag. Ich wühlte mich durch Strickanleitungen hindurch, um einen weiteren Pullover in Angriff zu nehmen. Das gestaltete sich trotz Internet und diversen Anleitungen schwieriger als gedacht, da jedes Strickgarn andere Lauflängen hat bzw. andere Nadelstärken benötigt werden. Auf meiner Suche nach einem geeigneten Modell fiel mir ein Script in die Hände, das ich zur Geburt meiner ersten Enkeltochter angefertigt hatte.
Ursprünglich wollte ich über dieses Erleben und Werden ein ganzes Buch schreiben, sah mich aber schon gleich zu Anfang scheitern. Fast 400 Kilometer lagen zwischen uns und so sehr ich mir auch wünschte, als Großmama bei der Entwicklung

meiner Enkelin dabei zu sein, die ersten Schritte mitzuerleben, die ersten Worte zu hören und meine Liebe ohne Einschränkung weiterzugeben, machte uns die große Entfernung einen Strich durch die Rechnung. Die gewünschte Nähe konnte ich zwar in meinem Herzen und meiner Sehnsucht spüren, aber sie konnte sich nicht nach außen entwickeln. Bei dieser großen Entfernung konnten wir im Laufe der Zeit nur wenig Nähe und Vertrautheit aufbauen, zumal beide Eltern voll berufstätig waren. Nach einem langen Tag der Arbeit blieb für die Familie gerade noch Zeit zum Abendessen und zum Schlafen. Es gab keine Oma/Enkelin-Zeit in der wichtigen Prägezeit.

Ich nahm mein damaliges Skript in die Hände und blätterte es durch. Die Vergangenheit wurde in meinem Herzen lebendig als ich las:

Liebes kleines Sternchen,

ich nenne dich so, weil ich noch nicht weiß, ob du ein Junge oder ein Mädchen bist. Du bist schon ein kleiner vollkommener Mensch im Bauch deiner Mama und wirst schon so unendlich geliebt. Ich möchte, dass du das weißt.
Zu Weihnachten schenkten mir Mama und Papa das erste Foto von dir, ein Ultraschallbild. Da bist du nur ein kleines Knöpfchen und mehr nicht. Aber es ist

schon alles dran an dir, was du brauchst, um zu leben.

Und nun freue ich mich auf dich, dass heißt, wir alle freuen uns auf dich. Und ich kann überhaupt nicht die Zeit abwarten, bis du endlich geboren bist.

Jeden Tag mache ich mir Gedanken darüber, womit ich dir eine Freude machen kann. Eine Freude, die man für kein Geld der Welt kaufen kann. Also schenke ich dir, kleines ungeborenes Sternchen, meine Liebe, denn die ist so einzigartig, wie sonst nichts auf dieser Welt.

Jeder, der dich liebt im Laufe deines Lebens, liebt dich auf seine ureigene einzigartige Weise. Keine Liebe gleicht der anderen. Und du bist etwas ganz Einzigartiges, etwas ganz Besonderes, so wie jeder andere Mensch einzigartig und besonders ist.

Wie du wohl aussehen wirst, wie groß und wie schwer du wohl bist, wenn du endlich die Welt mit deinen eigenen Augen ansiehst.

Ich habe beschlossen, die Zeit gut zu nutzen, bis du endlich da bist.

Das erste, was ich für dich gemacht habe ist, ich habe für dich einen kleinen Pullover gestrickt, weiß mit roten, grünen und blauen Ringeln. Als dein Papa in meinem Bauch war und auch, als er geboren wurde und noch viele Jahre später habe ich viel und gerne gestrickt für ihn, hauptsächlich aber Pullover, damit er immer ganz besondere Sachen anziehen konnte, denn auch dein Papa sollte merken, dass er etwas ganz Besonderes, Einzigartiges ist. Und meine Liebe habe ich in jede Masche mit hineingestrickt. So mache ich das nun auch mit dir.

Als zweites habe ich für dich kleine Söckchen gestrickt, natürlich auch in weiß-rot-blau-grün. Als sie fertig waren, habe ich gesehen, wie groß die Söckchen geworden sind und mich erinnert, was für kleine Füße dein Papa hatte. Also musst du schnell wachsen, damit du dort hinein passt. Wenn ich mir vorstelle, wie winzig deine kleinen Füße sind und wie kitzelig die kleinen Zehen sind, dann muss ich lächeln und wieder freue ich mich ein bisschen mehr auf dich.

Als drittes habe ich für dich eine warme Mütze gestrickt. Du wirst zwar im Sommer geboren, aber es gibt kalte Tage, an denen dein kleines Köpfchen viel Wärme benötigt, und natürlich ist die Mütze wieder weiß und hat rote, blaue und grüne Streifen. Dann hat die Mütze noch zwei Pompons bekommen, damit sie richtig fröhlich aussieht.
Und dein Opa hat sich darüber gefreut und ist stolz, dass ich so kleine niedliche Sachen für dich stricke. Und weil er sich so gefreut hat, habe ich auch für ihn eine Mütze gestrickt. Die hat er dann auch gleich aufgesetzt und sich riesig darüber gefreut und er hat gelacht. Und wenn dein Opa lacht, dann leuchten seine Augen wie zwei kleine Sterne.

Ja, liebes Sternchen, immer mehr freue ich mich auf dich. Also, ich weiß ja, wie schnell du wachsen kannst und schwupps, ist schon wieder der nächste Pulli fertig und der ist ganz bunt geworden und fröhlich. Ob er dir dann irgendwann einmal passt – oder ob er zu weit ist – oder die Ärmel zu lang – oder – oder – oder. Na ja, bei selbstgestrickten Pullovern ist das nicht ganz schlimm. Das krempelt man einfach um. Aber dafür sind die Anziehsachen auch richtig schön warm und kuschelig.

Ich weiß schon, was ich noch alles für dich stricken und häkeln will, weil ich die Zeit nicht abwarten kann und weil ich mich jeden Tag mehr auf dich freue. Und damit die Zeit schneller vergeht, stricke ich und stricke ich und stricke ich...

Dein Opa und ich waren am Samstag sogar in einem Baby-Geschäft und haben für dich zwei ganz süße Sachen eingekauft. Und wieder freuen wir uns auf dich, dabei dauert es bis Juni noch so lange.

Also habe ich beschlossen, dir diese Briefe zu schreiben, die sicherlich mal ein kleines Buch werden.

Deine Mama und dein Papa suchen bestimmt schon einen Namen für dich. Auch ich bin ganz gespannt, wie du einmal heißt. Du bekommst sicherlich den schönsten Namen, den Mama und Papa finden können, einen Namen, der zu dir passt.

Schau dir mal dieses Bild an. Mit dem großen alten Teddy hat dein Opa schon gespielt, als er noch ganz klein war. Das war sein bester Freund. Er hat ihm immer alles erzählt, wenn er mal traurig war oder sich ganz doll gefreut hat. Wenn sein Teddy sprechen könnte, dann würde er dir sicherlich alles erzählen, was er in seinem Leben gehört hat, und das wäre eine ganze Menge.

Die Puppe, die bei dem Teddy sitzt, hat leider einen kaputten Kopf. Dein Onkel hat die Puppe mal runter geworfen und dann ist der Kopf zerbrochen. Ich war damals ganz traurig darüber. Die Puppe heißt Inge und meine Eltern haben sie mir geschenkt, als ich geboren wurde. Das war 1953 und ist fast 57 Jahre her.

Und weißt du, wer diese beiden hier sind? Das sind Mecki-Frau und Mecki-Mann. Auch diese beiden Puppen gehören deinem Opa. Irgendwann einmal darfst du sicherlich mit ihnen spielen. Aber das dauert noch eine Weile.

Momentan stricke ich wieder für dich – natürlich einen Pullover. Der ist zartlila und hat rosa und hellblaue Streifen. Und ist dick und kuschelig, damit du im Herbst und im Winter nicht frierst.

Am Liebsten würde ich jetzt mal bei deiner Mama meinen Kopf auf ihren Babybauch legen und hören, ob ich dich schon wahrnehmen kann. Auch würde ich mal gerne meine Hand auf ihren kleinen Babybauch legen und fühlen, ob du dich bewegst und ob du fröhlich bist. Aber wir haben Winter und Mama und Papa wohnen so weit weg. Da können wir sie nicht besuchen. Also muss ich lernen zu warten und das ist richtig schwer.
Warten ist nicht immer schön – auch das lernst du später, aber warten und sich so richtig freuen, das ist schön. Wir freuen uns auf dich.

Mit ganz viel Liebe
Deine Großmama am 3. Februar 2010

Mein liebes Sternchen,
stell dir vor, ich habe gestern eine kleine Feder gefunden und musste gleich an dich denken. Ich habe mir gedacht, diese kleine Feder stammt bestimmt von deinem Schutzengelchen. Da du ja jetzt mit Mama und Papa Inselurlaub machst und mit dem Flugzeug fliegen darfst, habe ich mir doch ein wenig Sorgen gemacht. Da ist das Engelchen in der Nacht gekommen, um mir zu sagen, dass du sicher und gesund im März wieder heimgeflogen kommst und dass ich ganz ruhig sein und auch ganz ruhig schlafen kann. Woher ich das weiß? Tja, das hat mir am nächsten Morgen mein Schlummerteddy erzählt. Willst du mal ein Foto von ihm sehen? Hier ist es:

Ach ja, kleines Sternchen, ich weiß schon jetzt, dass ich die Sachen für dich deiner Mama und deinem Papa bald schenken werde und weil ich finde, dass du auch warme Füßchen brauchst, habe ich gleich passende Lila Schühchen für dich gestrickt. Das war vielleicht fummelig, hat aber viel Spaß gemacht.

Du, mein Liebes, ich stricke ja schon wieder einen Pullover für dich, der wird gelb und bekommt außer ganz viel Liebe für dich blaue und andere bunte Streifen. Ich weiß ja immer noch nicht, ob du ein Mädchen oder ein Junge wirst. Also stricke ich mit Farben, die schon zu dir passen werden. Und Gelb leuchtet immer so fröhlich. Und noch einen zweiten Pulli hinterher.

Schau mal, jetzt sind beide fertig.

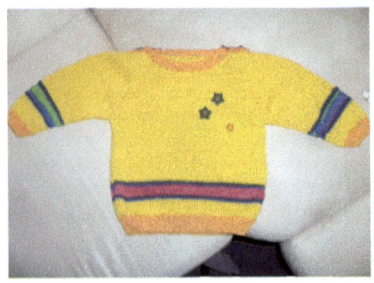 

In Liebe
Deine Großmama

Mein liebes Sternchen,
heute ist Dienstag, der 8. Juni. Was hat sich nicht alles getan in den letzten Monaten. Na ja, den Kopf habe ich nicht auf Mamas Bauch gelegt, dafür habe ich aber gefühlt, wie du in ihrem Bauch strampelst. Ganz fest hast du gegen meine Hand getreten und ich fand das toll.
Du musst ein ganz besonderes Mädchen werden, denn dass du ein Mädchen wirst, habe ich inzwischen erfahren. Weißt du, ich habe mir immer ein Mädchen gewünscht, aber zu mir wollte außer meinen beiden Söhnen kein weiteres Kind. Umso mehr freue ich mich, dass du dich entschlossen hast, als Mädchen unsere wunderschöne Welt zu entdecken.
Jetzt, wo du geboren werden willst, und diesen Tag hältst du ja noch geheim, sind alle ganz aufgeregt am Warten. Also, mir wäre ja morgen, der 9. Juni ganz lieb, denn dann bin ich bei euch zu Hause z Besuch und könnte dich dann schon am 10. sehen.

Ich packe auf jeden Fall ein kleines Püppchen für dich ein, falls du es dir überlegst und mir zuliebe schon morgen geboren wirst.

Viele schöne Sachen haben wir für dich bereits eingekauft, eine bunte Decke, auf der du später mal schön krabbeln kannst, ein paar Spielsachen, einen rosa Strampelanzug und ein weißes T-Shirt, ach und noch so ein paar Dinge, über die sich vielleicht auch Papa und Mama freuen.

Im Augenblick stricke ich nicht für dich, sondern endlich einmal für mich. Ich stricke mir einen regenbogenbunten Sommerpullover. Aber ich muss mich beeilen, denn der Sommer dauert nur noch ungefähr 3 Monate.

Ich freu mich ganz doll auf dich, schließlich bist du mein erstes Enkelkind. Freu dich auf dieses Leben.

Ich wünsche dir ganz viel Schönes für den Zeitpunkt deiner Geburt:

Dass du es leicht hast, auf diese Erde zu kommen, dass die Sonne für dich scheint, dass dein Schutzengel dich lieb und zärtlich begleitet und jeden Tag, jede Stunde, jede Minute deines neuen Lebens für dich da ist und auf dich gut aufpasst.

Mit ganz viel Liebe
Deine Großmama

Mein liebes Sternchen,
heute ist der 22. Juni. Am Sonntag waren wir bei euch, um dich endlich zu sehen, zu knuddeln und im Arm zu halten. Ach, was bist du doch für eine süße

kleine Prinzessin. Und soooooo lieb. Fast die ganze Zeit hast du geschlafen, ein paar quietschende Töne von dir gegeben und vor allen Dingen hast du ganz süß gelächelt. Dein Opa hatte ja noch nie ein kleines Baby im Arm, so warst du für ihn etwas ganz Besonderes und er hat ganz glücklich ausgesehen, als du in seinen Armen lagst. Dabei hast du mit deinen kleinen Fingern seinen Daumen ganz doll festgehalten. Ich habe von euch beiden ein schönes Foto gemacht. Das schicke ich dir später mit einem Brief.

Deine Eltern haben dann die Geschenke für dich ausgepackt. Über die große bunte Krabbeldecke haben sie sich ganz besonders gefreut.

Als ich dich im Arm hielt, dachte ich daran, wie lange es doch her war, deinen Papa im Arm zu halten und du kamst mir sehr klein vor. Dabei bist du sogar einen Zentimeter größer als dein Papa damals war.

Mir ist der Abschied von dir, deiner Mama und deinem Papa sehr schwer gefallen. Aber sie sollten nicht merken, dass ich sehr traurig darüber bin, dass wir uns so viele Tage nicht sehen können. Ich weiß ja nicht, wann wir wieder bei euch sind.

Meine Oma und mein Opa wohnten damals mit meinen Eltern, meinem Bruder und mir, mit einer Kuh, zwei Schweinen, Hühnern, Gänsen, einer Katze und unserem Hund Asta zusammen in einem großen alten Bauernhaus. Natürlich lebten die Tiere im Stall und lagen auf Heu und auf Stroh. Die Hühner waren draußen und durften wie die Katze frei herum laufen, die Katze vertrieb die Mäuse und der Hund passte auf uns alle auf.

Jetzt wohnen dein Opa und ich fast vierhundert Kilometer von dir entfernt. Die Sonne scheint und ich denke an dich, an dein Lächeln und wie schön es ist, wenn du wächst, immer größer wirst und uns auch bald richtig erkennst. Vielleicht freust du dich dann, wenn wir uns wiedersehen. Es ist jetzt das letzte Mal, dass ich dich „Sternchen" nenne, denn Mama und Papa haben dir einen richtigen Namen gegeben, mit dem ich dich in Zukunft auch anreden werde. Ich habe dich ganz doll lieb, kleines Sternchen. Bis bald.

Mit ganz viel Liebe
Deine Großmama

Nachdenklich legte ich das Script zurück zu meinen unzähligen Foto-Dokumenten. Beinahe zehn Jahre sind seither vergangen. Je älter ich werde, umso schneller verläuft die Zeit. Es kommt mir jedenfalls so vor. Vielleicht liegt es aber auch daran, dass ich im Laufe der Zeit langsamer geworden bin oder dass meine Zeit so ausgefüllt ist.
Noch während ich am Schreiben dieser Geschichte bin, klingelt das Telefon. „Hallo Mama!", höre ich Lasses fröhliche Stimme. Und dann im Chor Ellen, Elsa und Elias: „Hallo Oma, wir wollen dir nur sagen, dass du im August wieder Oma wirst." Für einen Moment bekomme ich kein Wort heraus. „Waaas?" Meine Stimme zittert. „Ihr macht einen Spaß, oder?"
„Nein, das ist wahr!", jubelt Nadjas Stimme an meinem Ohr.

So viel Glück macht mich einfach nur sprachlos und ich spüre den Segen Gottes in meinem Leben.

Ich sehe das Leben an wie einen großen Garten, der mir anvertraut wurde. Mitunter sehe ich lediglich Unkraut und Gestrüpp und nicht die Vielfalt der Blüten, singenden Vögel und Insekten, die ihn bevölkern. Mitunter nehme ich auch nicht die immer größer werdende Ernte und den fruchtbarer werdenden Boden wahr. Jedoch habe ich inzwischen gelernt, dass Veränderung nur durch mich selbst geschehen kann. Alles Gute wie auch alles Böse hat seinen Ursprung nicht bei anderen, sondern immer in uns selbst. Wohin wir auch immer unsere Aufmerksamkeit wenden, genau dort finden wir unsere Ernte.
Somit müssen wir die Wertschätzung, die wir von anderen für uns erwarten, grundsätzlich zuerst uns selber entgegenbringen.

Mein geliebtes Sternchen, mein heiß ersehntes Krümelchen, meine Söhne, Schwiegertöchter, Enkelinnen, Enkel, sowie alle, die ihr noch in mein Leben tretet, ihr seid von mir, so wie ihr seid, von Herzen geliebt. Jeder auf seine einzigartige ureigene Weise. Ganz gleich, wie groß zwischen uns die räumliche Entfernung ist, egal, wo ihr euch gerade auf dieser wunderschönen Erde befindet bzw. wo auch ich gerade bin, meine Liebe ist und bleibt an jedem Tag meines Lebens bei euch.

Mit ganz viel Liebe
eure MaOma

Brigitte Anna Lina Wacker, geboren 1953 in Voigtding, jetzt Wingst, lebt und arbeitet als freischaffende Künstlerin in Cuxhaven. Bereits in ihrer Kindheit schrieb sie Gedichte. Als Jugendliche widmete sie sich der Porträtmalerei.

Nach einem folgenschweren Unfall veränderte sich schlagartig ihr Leben. 1987 begann sie, sich mit Malerei ernsthaft zu befassen und in zahlreichen Kursen ausbilden zu lassen. Zur gleichen Zeit schrieb sie ihre ersten lyrischen Verse.

Im Jahr 2000 erschien ihr erster Kunst-Lyrik-Bildband im Eigenverlag.

2005 folgte ein Engelbildband in limitierter Auflage.

Veröffentlichungen ihrer Kurzgeschichten und Gedichte erfolgten in diversen Anthologien des Wolkenreiter-Verlags Fuldatal und in ihrem ersten Buch „Gefühlt-Gespürt-Geträumt".

2011 wurde ihr Gedicht „Ich bin" in der Jokers-Gedichte-Datenbank der besten deutschsprachigen Gedichte veröffentlicht.

2012 wurde ihr Gedicht „Wunder Engel" in die Anthologie „Einfach nur ein Engel", net-Verlag, aufgenommen.

Ebenfalls im Jahre 2012 erschienen die ersten Kurzgeschichten im BoD-Verlag.

Weitere Bücher von Brigitte A. L. Wacker:

Der kleine Apfel Balthasar
Ein Märchen für Kinder und Erwachsene
ISBN 978-3-7357-8263-2

Das Märchen vom kleinen Sternchen
für Erwachsene und Kinder
ISBN 978-3-7357-7883-3

**Hein Wattwurm auf Reisen
und andere Geschichten**
ISBN 978-3-8482-0266-9

Kita – Vier Pfoten, eine Liebe
die Geschichte eines Hundes
ISBN 978-3-7322-4902-2

Paula
Erlebnisse mit einem Hund
ISBN 978-3-7357-4303-9

Solaras Traum
eine magische Begegnung
ISBN 978-3-8482-2978-9

WUNDERSAM
wahre Geschichten
ISBN 978-3-8482-6337-0

Sterne in dunkler Nacht
Erzählung
ISBN 978-3-8482-3172-0

Ich gebe dir Engel mit auf den Weg
Bilder und Gedanken
ISBN 978-3-7322-9926-3

Liebevolle Wünsche und Gedanken für Dich
ISBN 978-3-7357-1764-1

Abschied von Robert
eine wahre Geschichte
ISBN 978-3-8482-1356-6

Und alles nur aus Liebe
Roman
ISBN 978-3-8482-1773-1

Lass meine Hand nicht los
eine Liebesgeschichte in Bad Sooden-Allendorf
ISBN 978-3-7431-4307-4

Sehnsucht lag am Wegesrand
Gedanken, Bilder und Gedichte
ISBN 978-3-7386-1139-7

u.v.m.